DUAS MOÇAS MORAVAM JUNTAS E ERAM IRMÃS, UMA MUITO BOA E OUTRA MALDIZENTE E PREGUIÇOSA. Cada uma tinha seu quarto. A mais velha começou a notar, à noite, um barulho de asas e depois fala de homem no quarto da irmã. Ficou desconfiada e foi olhar pelo buraco da fechadura.

Viu uma bacia cheia d'água no meio do quarto. Quando deu meia-noite, pousou na janela um papagaio enorme, muito bonito e voou para dentro, metendo-se na bacia, sacudindo-se todo, espalhando água para todos os lados. Cada gota d'água virava ouro, e o papagaio, quando saiu do banho, foi o príncipe mais formoso do mundo. Sentou-se ao lado da irmã e pegaram a conversar animados como noivos.

A irmã ficou roxa de inveja. No outro dia, de tarde, encheu o peitoril da janela de cacos de vidro, assim como a bacia.

Nas horas da noite, o papagaio chegou e, batendo no peitoril, cortou-se todo. Voou para a bacia e cortou-se ainda mais. Arrastando-se, o papagaio não virou príncipe, mas chegou até a janela e disse para a moça, que estava assombrada com o que sucedera:

– Ai, ingrata! Dobraste-me os encantos! Se me quiseres ver, só no reino de Acelóis.

E, batendo asas, desapareceu. A moça quase se acabou de chorar e de se lastimar. Brigou muito com a irmã e deixou a casa, procurando o noivo pelo mundo.

Ia andando, empregando-se
como criada nas casas só para
perguntar onde ficava o reino de Acelóis.
Ninguém sabia ensinar, e a moça ia ficando desanimada.
Uma noite, depois de muito viajar, já cansada,
ficou com medo dos animais ferozes e subiu em
uma árvore, escondendo-se bem nas folhas.
Estava amoquecada quando diversos bichos
esquisitos chegaram para baixo
do pé-de-pau e pegaram a conversar.
– De onde chegou você?
– Do reino da Lua!
– E você?
– Do reino do Sol!
– E você?
– Do reino dos Ventos!

A moça prestou atenção.
No primeiro cantar dos galos,
sumiram-se todos, e ela
desceu e continuou a marcha.
Andou, andou, até que chegou
noutra mata e, para não ser
devorada, trepou numa árvore.
Lá em cima, quando a noite
ficou bem fechada,
chegaram umas vozes
no pé-do-pau.

– De onde veio?
– Do reino da Estrela!
– De onde veio?
– Do reino de Acelóis!
– Que novidades me traz?
– O príncipe está doente
e ninguém sabe como
tratar dele...

A moça botou reparo
e, na madrugada,
seguiu no mesmo rumo,
pois as vozes já tratavam
do reino de Acelóis.
Andou, andou, andou.
Finalmente, quando anoiteceu,
estava dentro de uma floresta.
Subiu em um pé-de-pau
e ficou quieta, lá em cima.
Mais tarde, as vozes
começaram na falaria:
– De onde vem você?
– Do reino de Acelóis!
– Como vai o príncipe?
– Vai mal, coitado, não tem remédio!
– Ora, não tem! Tem!
O remédio é ele beber
três gotas de sangue
do dedo mindinho
de uma moça donzela
que queira morrer .
por ele!

Quando amanheceu o dia, a moça tocou-se na estrada. Ia o sol sumindo, quando ela avistou o reinado de Acelóis. Entrou no reinado e pediu agasalho numa casa.
Na hora da ceia, perguntou o que havia e disseram que o assunto da terra era a doença do príncipe. A moça, no outro dia, mudou os trajes, foi ao palácio e pediu para falar com o rei.
– Rei Senhor! Atrevo-me a dizer que ponho o príncipe bonzinho se o Rei Senhor me der, de tinta e papel, a metade do reinado e de tudo quanto lhe pertencer.

A moça foi para o quarto,
meiou um copo d'água,
furou o dedo mindinho,
botou três gotas de sangue
dentro, misturou e mandou
o príncipe beber.
Assim que ele engoliu,
foi abrindo os olhos,
levantando-se da cama
e abraçando a moça,
numa alegria
por demais.

O rei ficou muito satisfeito. Mas, quando o príncipe disse que aquela era a sua verdadeira noiva, desde o tempo em que ele estava encantado em um papagaio-real, o rei não quis dar consentimento porque a moça não era princesa.

A moça então falou:
– Rei Senhor! Tenho por tinta e papel a metade de tudo quanto é do Rei Senhor neste reinado. O príncipe é do Rei Senhor, e eu tenho por minha a metade dele. Se o Rei Senhor não quiser que eu me case com ele inteiro, levarei para casa uma banda.

Ao ouvir falar em cortar o príncipe pelo meio, como a um porco, o rei chegou-se às boas e deu o consentimento. Foram três dias de festas e danças, e até eu me meti no meio, trazendo uma latinha de doce. Mas, na Ladeira do Encontrão, levei uma queda e ela, *pafo!* no chão!...

Benvenuta de Araújo.
Natal, Rio Grande do Norte.